Birgit E. Schmidt

Frösche

10 Geschichten und 1 Gedicht

tredition

© 2024 Birgit E. Schmidt

ISBN: 978-3-384-36739-6

Lektorat: Silja von Rauchhaupt, Königstein

Druck und Distribution im Auftrag der Autorin: tredition GmbH, Heinz-Beusen-Stieg 5, 22926 Ahrensburg, Deutschland

Inhaltsverzeichnis

Wo ist Luca?

„Luca ist weg", sagte mein Lebensgefährte als Erstes, als er mich am
Wochenende – wie immer – be-
suchte. „Wie weg, aus dem Käfig
entfleucht oder wie?", antwortete
ich einigermaßen erschrocken. „Ja,
also weg. Nein, aus dem Käfig kann
er eigentlich nicht entkommen sein.
Ich hatte die Tür immer im Auge,
als ich ihm frisches Futter gegeben
habe." Es handelte sich um den
kleinen, jetzt fast zweieinhalbjähri-
gen Hamster, der ihn die ganze Zeit
treu begleitet hatte, auch wenn er
nicht handzahm war, wie es die
Zoohandlung versprochen hatte,
sondern ziemlich bissig. Einen Fin-
ger hielt man besser nicht in den

Käfig, und beim Tierarzt oder auch nur zum Saubermachen des Käfigs beobachtete man das Geschehen, also das Hineinplumpsen in den Transportbehälter, besser aus sicherer Entfernung. Also ohne manuelle Einflussnahme.

Es klappte aber auch immer. „Mal sehen, ob er das noch vom letzten Mal weiß", sagte mein Freund nachdenklich beinahe fast jedes Mal. Wusste Luca nicht, und so ging das Spiel jedes Mal nach demselben Schema. Zum Glück.

Aber jetzt? Mein Lebensgefährte hatte alle Spielsachen und die anderen Dinge durchsucht und den kleinen Hamster nicht gefunden. „Ja, könnte er denn unter der Streu sein, irgendwie eingebuddelt?", fragte ich. „Ich habe schon alles durchgesehen", mein Freund war ratlos.

„Na, er muss ja irgendwo sein. Wenn er nicht außerhalb des Käfigs ist, muss er ja dort sein. Ich komme Sonntagabend mit zu dir und wir machen den Käfig sauber und suchen ihn gemeinsam", schlug ich vor. Er stimmte zu. So fuhren wir dann zu der Wohnung meines Lebensgefährten. Tatsächlich – zu sehen war er nicht.

Wir suchten weiter. „Da, da ist er", rief mein Freund plötzlich. Ich saß in der Sofaecke und ging zu ihm. Ich sah ein Gebilde aus dem Sand ragen, das einem winzig kleinen Walross ähnelte. Oh ja, armer Luca, er hat sich versteckt, wie es viele

Tiere machen, die ihr Ende nahen fühlen. Mein Lebensgefährte hob ihn vorsichtig aus seiner Behausung.

„Wir legen ihn in einen Schuhkarton, zusammen mit einem Ginkgo-Blatt als Zeichen, dass wir ihn nicht vergessen", waren wir uns einig. Auch wenn er etwas unnahbar war, war er doch ein treuer Gefährte", sagte mein Freund traurig. „Ja", erwiderte ich etwas hilflos.

Wir schwiegen beide eine ganze Weile und tranken dann noch einen Espresso. Den konnte man auch abends trinken.

„Willst du wieder einen neuen Hamster kaufen?", fragte ich schließlich. „Ja, nein, ach – ich weiß noch nicht", entgegnete er. „Aber einen Namen habe ich schon für den Neuen."

„Und der wäre?", fragte ich neugierig. „Henry soll er heißen." „Ach so, ja, wie unser Klavierlehrer", meinte ich. „Hm, ich weiß noch nicht." Und so blieb diese Frage – es war ja auch schon spät am Abend – erst einmal ungeklärt.

Das Schwarzmobil I

„Wenn du eines Tages etwas über das Schwarzmobil auf dem Markt lesen kannst, dann ist das von dieser Dame hier", sagte Herr Schwarz zu seiner neu angestellten Praktikantin und deutete auf mich, die eben herangetreten war.

„Nun, dann muss aber etwas Spektakuläres passieren", erwiderte ich und sah ihn abwartend an. „Dann müssen Sie nur einen Tag hier verbringen", versprach Herr Schwarz, „dann haben Sie Stoff für zwanzig Geschichten." Ich glaubte ihm.

„Ich bin heute etwas schwach auf der Brust", sagte ich zu der Praktikantin. Sofort nahm sie die fertige Tasse Kaffee – kräftigen, der hat nicht so viel Säure, hatte ich gelernt – und trug ihn zu dem einzigen noch freien Tisch und besorgte mir sogar noch einen Stuhl. Ich bedankte mich.

„Hej", rief Herr Schwarz aus seinem Kaffeemobil einem jungen, schmächtigen Mann zu, der gerade vorbeikam. „Wenn du etwas Ordentliches gelernt hättest, könntest du jetzt auch Kaffee ausschenken." Der junge Mann duckte sich noch mehr und die Umstehenden an den Tischchen mit ihrem Kaffee, Cappuccino, Espresso, Latte Macchiato schmunzelten. Herr Schwarz war ausgebildeter Lehrer.

Während der strengen Corona-Zeit war er – selbstredend – nicht da. Ich vermisste ihn. Seine freundliche

Art, mit seinen Kunden umzugehen, mit denen man schnell ins Gespräch kam. Ich fragte die Nachbarstände: „Kommt er wieder?" Keiner konnte es mir sagen. Ich bekam die Telefonnummer des Marktbetreibers und konnte mich über ihn mit Herrn Schwarz in Verbindung setzen. „Kommen Sie wieder? Es weiß hier keiner." Er versprach spätestens im Herbst wieder auf dem Markt zu erscheinen.

Inzwischen war Zeit vergangen und die Weihnachtsferien waren vorbei. Ich war das erste Mal wieder da. Nachdem wir uns gegenseitig ein gutes neues Jahr gewünscht hatten, orderte ich eine Tasse Kaffee, den kräftigen. Der vordere Laden war noch nicht hochgeklappt.

Wir unterhielten uns durch die Türe. Aber die Stehtische standen schon bereit. Ein Herr stand an einem und trank genussvoll seinen Kaffee.

„Wir erwarten täglich das Probeexemplar von meinem Buch bzw. Büchlein mit Geschichten." Es zählte keine hundert Seiten. „Oh!", Herr Schwarz beglückwünschte mich. Damit war ich auch für den Herrn mit dem Kaffee interessant und er begann zu plaudern. Ich erfuhr, dass er sozusagen während seiner Arbeitszeit hier eine Pause einlegte, und ich bewunderte – oder beneidete – ihn dafür. Er erklärte, dass er erst bei einer japanischen Firma gearbeitet hatte und

jetzt bei einer chinesischen ange-
stellt war.

„Die japanische war sehr gründlich und genau, die chinesische bezahlt besser, bei unsichereren Konditionen. Wir müssen jedes Jahr 20 Prozent mehr Arbeitsleistung erbringen." Selbst ich mit meiner Schwäche in Mathematik konnte errechnen, dass in fünf Jahren 100 Prozent zusätzlich erreicht werden sollten.

Ich ersparte meinem Gegenüber diese übersichtliche Rechnung und wir kamen auf die Weltlage zu sprechen. „Den Chinesen kann man nicht so trauen", fuhr er fort. Das entsprach meiner vagen Ahnung von diesem Tatbestand, den ich nicht begründen konnte.

Wir sprachen ein bisschen weiter, Herr Schwarz gesellte sich zu uns. Dann brach der Herr auf und ich folgte ihm. Dabei bestätigten wir uns gegenseitig, dass die Kaffeepause hier ein „Highlight" auf dem Markt darstellte. Wir verabschiedeten uns und gingen weiter unseren Geschäften nach, nicht ohne uns zu versichern, dass wir uns auf ein Wiedersehen nächste Woche freuten.

Herr Schwarz wünschte uns beiden eine schöne Zeit und widmete sich wieder seinen weiteren Kaffeegästen, die wohl ebenso begierig das Heißgetränk erwarteten, an diesem neblig kalten Morgen. Adieu!

Herr Schwarz hatte recht: Stoff für eine weitere Geschichte hatte ich schon.

Die Stehlampe

Es war kurz vor Pfingsten. Ich wollte mir einen gemütlichen Morgen im Bett und mit Zeitungslesen machen. Peng!, machte es da plötzlich über meinem Kopf. Ich sah erschreckt hoch. Die Glühbirne über mir aus der vor einiger Zeit gekauften Stehlampe hatte ihren Geist aufgegeben.

Na ja, dachte ich einigermaßen beruhigt, dann kaufe eben ein neue. Aber wie das Ganze anstellen und wo? Und mit wem? Mein Lebensgefährte wohnte 1,5 Stunden weit weg, und war für solche strapaziösen Unternehmungen zu weit entfernt. Alleine? Das war wohl auch wieder nicht so gut. Da blieb nur Herr K., ein gemeinsamer Freund, der ganz in meiner Nähe wohnte. Hatte er Lust und Zeit? Tja, das musste ich herauskriegen. Also angerufen.

„Guten Tag, Herr K, wie geht es Ihnen?" Es kam eine ausführliche Beschreibung. Dann kam ich wieder zu Wort. „Haben Sie heute schon was vor?"

„Verschiedenes".

Ich schöpfte Hoffnung.

„Haben Sie Lust, mit mir eine Stehlampe zu kaufen?"

Kurze Pause. „Ja, wo denn?"

„Na hier, in den Möbelgeschäften, Sie wissen schon."

„Hm, und wann?" Eigentlich müsste ich heute zum Sport. Vielleicht vorher? So um 10 Uhr?"

„Na, sagen wir um 11, mit dem Bus", – wir hatten beide kein Auto – „ja, dann um 11, ich bin pünktlich." „Auf Wiedersehen." Erleichtert legte ich auf. Herr K. war ein Garant für gelungene Unternehmungen, entscheidungsfreudig und stark.

Also, hinein in die Kleider und ab zum Bus. Ein bisschen Zeit hatte ich noch. Doch die verging wie im Fluge mit Verrichtungen des täglichen Alltags.

Wir kamen beide zur gleichen Zeit zur Haltestelle. Der Bus brachte uns sicher zum Zentrum mit den Möbelhäusern. Beim zuerst gelegenen fingen wir an. Die Auswahl war nicht groß, und die infrage kommenden Lampen hässlich. Wir flüchteten ins nächste. Auch nicht besser! Da hatte Herr K. eine Idee. „Und wenn Sie einen Stab und Klemm-Spots nehmen? Wäre das etwas?" Ich bejahte begeistert. Ja, das konnte ich mir vorstellen. Also einen Stab gesucht. – Da war einer.

Der Preis war erschwinglich. Aber wo waren die Klemm-Spots? Herr K. suchte vergebens. „Dann gehen wir eben in das dritte Geschäft. Eine erhebliche Auswahl kleiner und großer Modelle empfing uns. „Gucken Sie hier, ich suche die Klemm-Spots". Herr K. verschwand. Einigermaßen hilflos stand ich inmitten des Lichtermeeres.

Da war eine Verkäuferin. Aber sie war wohl im Gespräch mit einer Kollegin. Ich ging auf sie zu. Höflich wartete ich eine Weile. Dann trug ich mein Anliegen vor. Ein Kolleginnen-Gespräch durfte man ja unterbrechen.

„Gehen Sie schon dorthin, ich komme gleich", wies mich die Verkäuferin an. Ich spazierte zwischen den schier endlos wirkenden Reihen von Lampen unterschiedlicher Größe und Preise. Die Spanne war bei beiden groß, aber die Objekte waren ansehnlich.

Da kam die Verkäuferin. „Ich glaube, ich habe etwas", sagte ich noch etwas unsicher. „Diese hier, aber kann man die biegen, dass sie in der richtigen Höhe über meinem Kopf ist?"

„Kann man", entgegnete sie lakonisch und bewies es mir. Dann kam Herr K. von seinem Streifzug zurück. „Also, ich habe Klemm-Spots gefunden."

„Ich habe schon etwas – danke", sagte ich etwas matt.

„Also wollen Sie das andere nicht? Zeigen Sie mal." Ich wies auf das von mir ausgesuchte Modell. Es fand seine Zustimmung. „Kann man bei dem Preis noch etwas machen?", fragte ich hoffnungsvoll. „Sie bekommen 20 Prozent Rabatt". Die Verkäuferin verzichtete darauf, die Nase zu rümpfen. „In Ordnung", ich nahm eine Karte mit den

Daten des Einkaufs und wollte zur Kasse, nachdem ich mich für die Hilfe bei der Verkäuferin bedankt hatte.

„Halt, wollen Sie keine Ersatzbirnen kaufen?" Herr K. strebte in die andere Richtung. „Ja, natürlich, Sie haben recht". Ich ging ihm nach. „Da, das ist wohl die richtige, oder wollen Sie die Dreierpackung? Die ist preiswerter, hat allerdings eine andere Wattzahl". Ich entschied mich für erstere und ich holte zwei Glühbirnen aus dem Regal.

Langsam gingen wir zur Kasse. Dort herrschte gähnende Leere und wir verzichteten darauf, noch die umliegenden Schnell-Mitnehm-Angebote zu sichten. „Ist die Ware verpackt?", fragte Herr K.

vorsichtig. „Ja, die Warenausgabe ist …" Es folgte eine ausführliche Beschreibung.

„Gut", ordnete Herr K. an. „Sie setzen sich da auf die Bank und gehen dann ins Café vom mittleren Haus. Ich komme dann". Ich bestätigte und ging langsam zu einer im Kassenbereich aufgestellten Bank, die mit einem Preisschild versehen war. Kleines, dezentes Zeichen, dass man eigentlich gar nicht berechtigt war, sich darauf zu setzen und länger zu verweilen. Nach zehn Minuten verließ ich die einigermaßen bequeme Stätte und ging langsam zu dem verabredeten Treffpunkt.

Es hatte zu regnen begonnen und ich dachte besorgt an Herrn K., der keinen Regenschirm mithatte.

Ins verabredete Café zu gehen, konnte ich mich noch nicht überwinden.

Ich wollte mich noch einmal ausruhen. Da stand vor dem überdachten Eingang eine Polstergarnitur à la Garten und eine Garnitur ohne Polster. Die wollte ich nun überhaupt nicht. Also zu der polsterbelegten Bank, an dessen Ende allerdings schon jemand Platz genommen hatte.

„Darf ich mich mit dahin setzen?", fragte ich vorsichtig den jungen Mann mit Atemmaske und Sweater mit Kapuze. Er machte eine einigermaßen einladende Handbewegung. Ich sank erleichtert auf das weiche Kissen und atmete auf. Endlich etwas Erholung an frischer Luft.

Langsam entwich die Anspannung. Aber nun so stumm dasitzen, ohne Ansprache, wo doch ein – soweit ich sehen konnte – ziemlich interessanter Mann am anderen Ende saß, war auch nicht meine Sache.

„Where do you come from?", fragte ich. Er trug einen Oberlippenbart und einen kleinen „normalen" Bart und sah irgendwie arabisch aus. Er sah mich an . „From Afghanistan", erwiderte er. Wir kamen ins Gespräch.

Etwas mühsam versuchte ich, ihm zu erklären, dass ich aus Norddeutschland und aus einer

Hansestadt, nämlich Bremerhaven, kam. „Ah, Hansa", sagte er teilnehmend. Und ich bemühte mich, den mittelalterlichen Ursprung und die Bedeutung dieses Städteverbundes damals klarzumachen. Er hörte aufmerksam zu.

Plötzlich kam Herr K. angeschossen, das schwere Lampenpaket unter dem Arm. Ich wollte ihn zu mir winken. Er verneinte energisch und stürzte ins Café. Mir blieb nichts anderes übrig, als mich bei meinem Gegenüber zu entschuldigen und Herrn K. zu folgen. In den Augen des Afghanen sah ich so etwas wie Achtung aufglimmen.

Ich hatte mich inzwischen auch wieder gesammelt und ging hinein. Erst fand ich Herrn K. nicht, doch dann entdeckte ich ihn hinter einer Säule in der Mitte des Raumes. Ich setzte mich aufatmend ihm gegenüber, und er erzählte von seinem Abholen der besagten Lampe, das von einem weiten, gefahrvollen Weg um das Haus herum, immer gefährdet von Liefer- und anderen Fahrzeugen, geprägt war.

Er war einigermaßen entnervt.

Das tat mir leid und so wandten wir uns hungrig dem Bestellvorgang zu. Nach dem schmackhaften Mahl machten wir uns auf, mit dem Bus zurück nach Haus zu fahren. Wir erreichten diesen noch mit Mühe, und waren uns einig, die Lampe erst am nächsten Tag aufzubauen.

Herr K. brachte besagtes Stück noch zu mir nach oben in die Wohnung und dann trennten wir uns, erleichtert, das Unternehmen erfolgreich bewältigt zu haben.

Doch damit nicht genug. Das erstandene Gerät musste ja noch zusammengebaut werden.

Mein Lebensgefährte war inzwischen da. Ihm fiel diese Aufgabe zu.

Er bemühte sich redlich. Das lange Kabel musste in die Lampenröhre gesteckt werden. „Das muss ein Techniker machen", sagte er. So wurde es auch in der Anleitung zum Aufbau empfohlen.

„Ach, das schaffst du schon", antwortete ich hoffnungsvoll. Dann gab er erstmal auf.

„Komm, ruf noch mal Herrn K. an", schlug er vor. Ich tat, wie mir geheißen, um zu hören, dass wir um Gottes willen keinen Techniker bestellen sollten. Notfalls käme er noch mal vorbei.

Mein Freund versuchte es wieder – und siehe da, das störrische Kabel ließ sich, wenn auch langsam, in den Schaft schieben. Hurra, jetzt konnte einem gemütlichen Leseabend nichts mehr im Wege stehen.

Ich bedankte mich bei meinen beiden Helfern, und wir gingen erstmal zusammen Kaffeetrinken.

Das Schwarzmobil II

Holá – es war wieder Freitag und ich auf dem Weg zum Wochenmarkt. Es war noch grau am Himmel, aber das konnte sich ja noch ändern. Ich war gespannt – es war 9:30 Uhr, hatte Herr Schwarz sein Schwarzmobil schon fertig aufgestellt? Er klappte gerade den großen Laden auf.

Ich bestellte einen Espresso und wir unterhielten uns ein bisschen. Ich musste mit einem Fünfziger bezahlen, aber das schreckte ihn nicht – trotz der frühen Stunde. Eine Stimme im Hintergrund bestellte auch. Ich drehte mich um – tatsächlich, das war der Herr vom letzten

Mal. Wir begrüßten uns freudig. Wir hatten ja beim letzten Male beide zugesagt zu kommen, aber Theorie und Praxis sind eben zweierlei. Ganz schnell kamen wir wieder ins Gespräch. Binnen Kurzem hatten wir die Außenpolitik Deutschlands am Wickel. Herr Schwarz gesellte sich zu uns. Drei Personen - drei Meinungen, wobei sich zwei einander annäherten. Dabei gab es natürlich kein Richtig oder Falsch. Ich hätte noch lange so weiter diskutieren können, aber ich erwartete noch am Vormittag Besuch und musste mich verabschieden. Es war wieder anregend gewesen, den Standpunkt des anderen zu akzeptieren und zu verstehen und die eigene Position noch einmal zu überdenken.

Aber auf, ich musste noch einiges auf dem Markt besorgen und – wie gesagt – pünktlich zu Hause sein. Dort angekommen, erwartete mich ein leichtes Chaos. Mein Lebensgefährte war schon da. Er suchte etwas und hatte das Wohnzimmer auf den Kopf gestellt. Es fand sich schließlich der besagte Gegenstand – eine Taschenlampe – und wir räumten gemeinsam wieder auf. Die Zeit mit ihm war schön, und bald war der Freitag wieder da.

Es waren beide nicht anwesend. Herr Schwarz wurde vertreten von einem Studenten – ein plötzlicher Termin machte die Änderung nötig – und der Herr mit der Schirmmütze war schon wieder an seinem Arbeitsplatz. Er sah irgendwie spitzbübisch aus, obwohl er unauffällig gekleidet war und nichts auf einen Künstler hinwies. Aber in seinen Augen blitzte der Schalk. Gut so! Es war nach 10:00 Uhr. Er war Maler nebenher und hatte mir einige seiner Werke gezeigt. Per Handy natürlich: Juliette Binoche im Porträt und als halb liegender Akt.

Das war interessant. Ich dachte an einen Bekannten nahe der Nordweststadt, der dort wohnte und eine kleine, nichtkommerzielle Galerie betrieb. Konnte ich die beiden zusammenbringen? Mal sehen. Es eilte ja nicht.

Der Zufall wollte es, dass mich der Galerist, der auch selbst noch malte, mich am Wochenende anrief. Ich fragte ihn, ob er an einem neuen Künstler interessiert wäre, was er bejahte. Also gab ich dem Maler die Adresse von dem erwähnten Galeristen und er bedankte sich freudig.

Ich merkte, er wäre am liebsten gleich zu ihm gestürmt, aber ich mahnte zur Ruhe. Der Galerist – selbst hoch betagt – malte gerade selber an einem Bild zum Thema „Blau" und war wahrscheinlich damit beschäftigt.

Er war immer schwarz gekleidet, aber das I-Tüpfelchen bei ihm war die schwarze Baskenmütze, die er keck auf dem Kopfe trug. Er hatte Malerei in Paris studiert und traf sich dort einmal im Jahr mit seinen Künstlerkollegen. Aber der Maler war wie elektrisiert und teilte mir einige Tage später mit, dass er schon ein erstes Gespräch mit dem Galeristen hatte und mit einigen seiner Bilder zu ihm kommen wollte.

Ich beglückwünschte ihn, trank meinen Espresso und schaute mir die Vorübergehenden an.

Gegenüber war ein Reformhaus mit einigen Auslagen vor der Türe. Ich suchte Strümpfe für ihn – meinen Lebensgefährten – fand aber nicht das richtige.

Das war nicht schlimm, es hatte Zeit. Langsam löste ich mich aus der von mir bevorzugten Ecke des Wochenmarktes und erledigten meine anderen Einkäufe – voller

Spannung auf die Vernissage und den weiteren Verlauf der Dinge.

Beim Zahnarzt

Es war Dienstag. Der gefürchtete Termin beim Zahnarzt war fällig. Nachdenklich ging ich zur Bushaltestelle, um die größere Strecke zu meinem Ziel zu fahren. 15:06 – kein Bus kam, obwohl ich fast ständig eine gewisse Verspätung einkalkuliere. 15:21 – auch dieser Bus kam nicht. Langsam fing ich an zu murren. Ich setzte mich um 15:30 auf den Sitz gegenüber auf der Straße, um mich ein wenig auszuruhen. Dann ging ich wieder auf „meine" Seite, wo leider keine Sitzplätze vorgesehen waren.

Inzwischen kamen zwei Teenager dazu.

„Na, wie alt seid ihr denn, vielleicht habe ich mit euch größeres Glück mit dem Bus."

Sie waren beide nicht sehr groß, schwarzhaarig, eine mit Pferdeschwanz, die andere hatte eine lange Mähne. „Ich bin fünfzehn", sagte der Pferdeschwanz. „Ich auch. Das ist meine beste Freundin", sagte die andere. Der Pferdeschwanz nickte heftig. „Und wo soll es hingehen?", fragte ich. „Zum Globus-Markt einkaufen", antworteten beide wie aus einem Munde.

Sie erzählten ein bisschen. „Aha", sagte ich. Und nach einem Blick nach links: „Soll ich euch etwas verraten? Der Bus kommt." „Oh", sie redeten aufgeregt weiter. Ich hatte zwischendurch die Zahnarztpraxis verständigt, dass der vereinbarte Termin nicht mehr zu halten war. Es wurde akzeptiert.

Da waren wir auch schon an „meiner" Haltestelle. Die beiden Mädchen hatten sich weiter viel zu erzählen und bemerkten mein Aussteigen gar nicht. Jetzt schnell zur Praxis!

Atemlos stand ich vor der Türe. Ich drückte die Klingel und trat ein. Und entschuldigte mich noch einmal. Ich wurde in das „bessere" Sprechzimmer geleitet. Immer noch heftig atmend nahm ich auf der Liege Platz.

Eine ganze Weile geschah gar nichts. Dann kam der Doc durch die Türe. Ich wollte ihm die Geschichte nochmals erklären, doch er sagte lakonisch: „Was halten Sie davon, wenn wir die Krone jetzt einsetzen?" Ich stimmte zu und er begann sein Werk.

Binnen Kurzem hatte er mit heftigen Hammerschlägen, um sie zu lockern, die provisorische Krone abgenommen und die endgültige daraufgesetzt.

„So, ist die Farbe richtig? Hier schauen Sie mal." Ich betrachtete mich gründlich. „Mir scheint, die Farbe ist etwas heller", sagte ich nachdenklich. Da hielt die Assistentin den vorgehaltenen Spiegel etwas anders, und schon sah – bei geänderten Lichtverhältnissen – die Sache etwas moderater aus.

„Ich glaube, das geht so", sagte ich zu ihm. „Ich schicke die Krone auch gern zurück und bestelle eine andere", bot der Doc mir an. „Nein", mich schauerte bei dem Gedanken an die zusätzlichen Kosten.

„Das geht schon so." Die Krone saß 1a. „Also, das ist jetzt spitzenmäßig." „Gut, wenn noch etwas ist, rufen Sie mich an", beendete er die kurze Sitzung.

„Ich habe eine gute Zahnversicherung", sagte ich, „aber machen Sie es nicht so teuer, wenn es geht." Ich seufzte. Er entgegnete Entsprechendes und ich verabschiedete mich.

Das grüne Kleid

Es war vor vielen Jahren. Ich war fünf oder sechs Jahre alt und ging mit meinem Großvater, bei dem meine Mutter mit ihrem Mann und uns zwei Kindern wohnte, in seinen Schrebergarten. Er lag vor der Stadt, und wir mussten so eine dreiviertel Stunde dahin laufen – eine Verkehrsanbindung dorthin gab es damals nicht. Ich war – wie üblich – etwas wild und turnte auf dem Weg mal hier auf einer Gartenmauer, mal dort.

Da geschah es – ratsch, hatte ich einen großen Riss in der Passe meines hübschen Kleidchens.

Ich weiß es noch genau, es war dunkelgrün mit weißen, braunen und dunkelblauen schmalen Streifen. Ich blieb – doch etwas erschrocken – stehen, und mein Großvater guckte besorgt.

Was tun? Erstmal gingen wir weiter, die Hälfte der Strecke hatten wir noch zu bewältigen. Als wir schließlich im Schrebergarten ankamen, ging er schnurstracks ins Häuschen dort und rief mich zu sich. Er holte Nadel (eine große) und Faden aus einem Kästchen und hieß mich, ihm mein Kleid zu geben. Und dann nähte er, Stich für Stich, mit großen Stichen den Riss wieder zu.

Ich sah ihm fasziniert zu. Ich hatte meinen Großvater noch nie nähen sehen. Er war etwas cholerisch, aber wir beide verstanden uns gut.

Mit einem langen Seufzer beendete er sein Werk und gab mir das Kleid zurück. Ich nahm es etwas befangen und zog es wieder an. Heute machte er nicht viel in seinem geliebten Garten – ein wenig Unkraut gezupft, wo es doch zu wuchernd stand, ein paar Birnen gepflückt, natürlich nach den Hühnern gesehen, dann machten wir uns auf den Rückweg.

Das Problem war meine Mutter, seine Tochter. Sie hatte sein Temperament geerbt und würde wohl schrecklich schimpfen. Das war wohl auch die Sorge meines Großvaters, der sich schuldig fühlte, nicht genug auf mich aufgepasst zu haben.

Bedrückt gingen wir nach Hause. Seine ernste Stimmung übertrug sich auch auf mich.

Dann waren wir angekommen. Wir traten durch die Wohnungstür. Meine Mutter empfing uns und sah sofort, was geschehen war. Und dann?

Es verschlug ihr die Sprache. Kein böses Wort kam über ihre Lippen. Sie erkannte gleich, dass ihr Vater aus Liebe zu seinem Enkelkind diese ungewohnte Tätigkeit, das Nähen, auf sich genommen hatte, um ihm Schlimmeres zu ersparen.

Puh, mein Großvater und ich sahen uns verstohlen an, und dann nickte er mir zu, immer noch verhalten, und ein Lächeln breitete sich auf seinem Gesicht aus, erleichtert, und auch ein bisschen vorwurfsvoll, weil ich ihn in diese Lage gebracht hatte.

Frösche

Ich erinnere mich: Es liegt lange zurück, ich war wohl zehn oder elf Jahre alt. Wieder ging ich mit meinem Großvater in seinen Schrebergarten. Der Hinweg verlief ohne große Störungen.

Dort angekommen, lief ich in das Gartenhäuschen, das mir mein Großvater aufschloss, und holte eilends eine Suppenkelle von dem Bord. Dann ging ich zu der Wassertonne, die rechts neben dem Häuschen in die Erde versenkt war. Und tatsächlich: Wie ich erwartet hatte, tummelten sich drinnen Frösche!

Zwei Planken der Tonne waren schadhaft. Sie kamen also schnell hinein. Aber hinaus? Das war ihnen nicht möglich. So paddelten sie hilflos im Wasser. Gut, dass mein Großvater fast täglich mit mir in den Schrebergarten ging. Also holte ich einen nach dem anderen heraus und beobachtete fasziniert, wie die Fröschlein – heftig atmend – erst einmal nach ihrer Rettung sitzen blieben, um dann mit großen Sprüngen das Weite zu suchen. Ich holte sie alle aus dem Fass, was mir großen Spaß bereitete.

Ich war mir darüber im Klaren, dass ich ihre Lebensretterin war. Vergnügt sah ich auch den letzten davon hüpfen, stand auf, legte die Suppenkelle an den vorgesehenen

Platz und wandte mich wieder anderen interessanten Tätigkeiten zu – z. B. den Birnbaum hoch klettern oder zur gegebenen Jahreszeit, Erdbeeren, Äpfel oder Quitten pflücken.

Das Schwarzmobil III

Ich war auf dem Wochenmarkt und wartete mit Spannung auf den Maler. Er war nicht da – aber dafür ein Herr mit Spitz. Ich nahm vorsichtig am Tischchen gegenüber Platz.

Das Tier sah mich aus großen, blitzenden Augen an und fing an zu bellen. Der Hundebesitzer beruhigte es und wir kamen ins Gespräch. Er wusste viel über die Rasse, die fast ausgestorben war, und teilte es mir bereitwillig mit. Der Hundebesitzer trug eine dunkle Hornbrille bei sorgfältig gescheiteltem braunen Haar. Er wusste interessant zu erzählen und ich vergaß ein bisschen die Zeit.

Herr Schwarz kam aus seinem Schwarzmobil zu uns, nachdem er noch Kunden bedient und ihnen ein genussvolles Kaffeetrinken gewünscht hatte, und bereicherte wieder einmal unsere kleine Runde mit seinen Äußerungen. Ich konnte meinen Blick kaum von dem schönen Tier abwenden. Es hatte dichtes, weißes Fell und einen schönen, geschwungenen Kopf. Es sah mich weiter aus seinen unergründlichen, intelligenten Augen an, jedenfalls hatte der Spitz es unterlassen, sich weiter lautstark zu äußern.

Es war wieder anregend, das Wetter spielte mit – es war ein blauer Frühlingsmorgen – und ich hätte noch lange meine Zeit hier verbringen können, wenn die Pflicht nicht gerufen hätte. Der Maler war also heute nicht gekommen. Aber er hatte mir schon vermittelt, dass die Japaner oder Chinesen, mit denen seine Firma enge Geschäftsbeziehungen unterhielt, gern auch vor 10 Uhr morgens anriefen, um die Dinge zu besprechen. Deshalb musste er sein Kaffeetrinken auch einmal verschieben bzw. ausfallen lassen.

Ich verabschiedete mich mit leichtem Bedauern von meinen heutigen Gesprächspartnern.

Ich saß auf meinem Balkon in dem bequemen Regiestuhl und dachte über alles nach. Vor mir ein riesiger Laubbaum aus dem benachbarten, verwilderten Garten, daneben ein Kiefergehölz vor meiner Wohnung.

Mein Stuhl stand quer zum Balkon im 90 °-Winkel. So hatte ich das meiste Grün vor meinen Augen. Es beruhigte mich.

Das war schon ein bisschen spannend mit dem Maler. Würde der Galerist Bilder von ihm nehmen? Oder ihn weiterreichen an eine befreundete Gruppe junger Porträtisten in einem Stadtteil von Frankfurt, wie er mir bei unserem letzten Telefongespräch andeutete? Man musste abwarten.

Es war jedenfalls offensichtlich, dass der Maler für seine Kunst „brannte". Er hatte es ja schon gar nicht abwarten können, den Kontakt zu dem Galeristen aufzunehmen. Aber es war ihm ja gelungen und – wie ich annahm – war eine weitere Freundschaft entstanden.

Und dann erhielt ich die Nachricht: Die Vernissage von „meinem" Maler war an folgendem Freitag um 18 Uhr. Ich war erfreut. Jetzt musste nur noch der „Schwarzmobil"-Besitzer benachrichtigt werden – als eigentlicher Vermittler dieses Kontaktes zwischen dem Maler und mir. Das gelang über Umwege und am Abend trafen wir uns wieder und betrachteten die ausgestellten Exponate. Keine Frage – der Maler hatte Stil. Man konnte seine Arbeiten – etwa Pop Art nach Fotografien gemalt, meist Porträts von bekannten Schauspielerinnen – mühelos herausfinden.

Auch der Galerist hatte sein Bild zum Thema „Blau" fertiggestellt und auf einer Staffelei präsentiert, zusammen mit noch anderen Bildern.

Wir saßen bei diesem schönen Wetter draußen und „fachsimpelten" bei Rotwein und Salzgebäck. Schließlich gab der Galerist das Zeichen zum Aufbruch und wir verabschiedeten uns mit dem Gefühl, wieder einen anregenden Abend verbracht zu haben.

Ein Lächeln

Vielleicht für den Taxifahrer, der an der Ecke steht und nach Kundschaft späht?

Vielleicht für die junge Frau mit Kopftuch, mit einem Kind im Kinderwagen und zweien an ihrem Rockzipfel?

Vielleicht für die nette Nachbarin im Nebenhaus, die das schwere Paket angenommen hat?

Bestimmt für Christian, der bei der Arbeit meistens schweigt, manchmal lächelt und vielleicht auch singt.

Weihnachten

Es war der 15. Dezember des Jahres. Ich musste mal wieder zum Hautscreening – wie jedes Jahr. Als frühere Krebspatientin kannte ich die Prozedur schon. Also aufgestanden und los.

Erstes Missgeschick: Ich versah mich beim Ablesen des Weckers. Ich war eine Stunde zu spät. Jetzt aber schnell. Die Winterstiefel anzuziehen hatte ich keine Zeit mehr. Die Übergangsschühchen mussten reichen. Die S-Bahn kam verspätet. Ich erreichte sie so gerade noch. Ich musste in einen Nachbarort. Dort wartete der Bus auf die Weiterfahrt zur Hautarztpraxis. Und: Er wartete tatsächlich. So, das war geschafft, Gott sei Dank! Ausgestiegen, die drei Etagen zur Praxis heraufgestiefelt – voilà!

„Sie müssen heute eine Etage höher gehen. Frau Doktor ist heute dort." Brav und ein bisschen entkräftet ging ich auch noch dieses Stockwerk hoch. Dort empfing man mich höflich und komplementierte mich in das versteckt liegende Wartezimmer. Ich nahm mir eine Illustrierte und registrierte dabei aufmerksam die „Bewegungen" vor der Rezeption. Man nahm mich wahr, aber nicht dran. Als ein nach mir gekommener Herr aufgerufen wurde, wechselte ich den Platz zu den bunten Heften, der von der Rezeption aus nicht einsehbar war.

„Frau S.", kam es prompt von einer Angestellten und ich beeilte mich, der Aufforderung nachzukommen. Ein langer Gang, dann rechts das letzte Zimmer. Ich erhielt die Anweisung, mich zu entkleiden, was ich auch umgehend, nachdem die Mitarbeiterin verschwunden war, in die Tat umsetzte.

Schließlich stand ich da und wartete auf die Ärztin. Es war eine schöne, neue Praxis. Sehr hell und geräumig. Plötzlich kam eine kleine, lebhafte Person mit braungrünen Augen. Sie begann sofort zu sprechen und suchte gleichzeitig meinen Körper nach etwaigen Unregelmäßigkeiten ab. Ich hörte ihr zu. Zwischendurch konnte ich ein

Wort sagen, schließlich waren wir in einem Dialog.

Die junge Ärztin ging, nachdem sie zwei Dokumente unterzeichnet hatte, die ich mitgebracht hatte. Ich begann mich wieder anzuziehen. Zwischendurch erschien noch einmal eine Mitarbeiterin und ich sah mich genötigt, mein langsames Tun zu entschuldigen und begründete es wahrheitsgemäß mit meinem etwas fortgeschrittenen Alter.

Das wurde akzeptiert und ich machte mich auf den Weg zurück. An der Rezeption bat ich um die Bestellung einer Taxe. Die „Rezeptionistin" verwies mich auf den Hof, den ich nach dem Hochziehen der Jalousie einsehen konnte. Dort standen eine Taxe und ein ebenso aussehender Wagen ohne Taxi-Schild auf dem Dach. Ich bedankte mich und ging die Treppen hinunter. Zum Wagen mit dem Taxi-Schild. Der Fahrer machte heftige Bewegungen zur Seite mit dem Arm. Ich verstand, dass ich den anderen Wagen ansteuern sollte. „Aber Sie haben kein Taxischild", wandte ich ein. „Ja, ja", sagte dieser, und fuhr an. Wir schwiegen beide auf der kurzen Fahrt. Schließlich kamen wir doch noch ins Gespräch und ich fragte im Laufe der Unterhaltung, woher er käme.

„Aus Usbekistan", war die Antwort. Die Frage nach Familie verneinte er. Dann begann er zu husten. „Möchten Sie einen Bonbon?", ich holte einen aus meiner

Manteltasche. „Ja, nette Frau, ganz nette Frau", sagte er dankbar. Er schien einsam. Seine Einladung zum Kaffee schien das zu bestätigen. Ich gab ihm noch einen Bonbon und lehnte ab. Er erzählte weiter und bat darum, meine Hand halten zu dürfen. Obwohl ich das schon übergriffig fand, gab ich sie ihm, verweigerte aber das Ansinnen, mich neben ihn zu setzen. Hatte er tatsächlich Tränen in den Augen oder täuschte ich mich?

Dann hatte ich eine Idee. „Ich schreibe ein bisschen", sagte ich leise und suchte in meiner Tasche nach dem Büchlein, das ich immer bei mir hatte – für Gelegenheiten wie diese. Ich reichte es ihm. „Oh, aber ich habe meine Lesebrille nicht dabei", sagte er und blätterte aufmerksam durch die Seiten. Er erbot sich, mich unentgeltlich nach Hause zu fahren. Ich entgegnete, dass ich doch lieber mit der S-Bahn nach Hause fahren wollte.

Da kam der Zug, und ich verabschiedete mich. Merkwürdig. Irgendwie musste ich an Elke Heidenreich und ihre Geschichte mit dem rosa Schwein Erika denken, die ich erst vor Kurzem gelesen hatte. Dabei handelte es sich um eine weihnachtliche Begebenheit mit eben diesem Stofftier. „Frohe Weihnachten", sagte ich leise. Aber da war ich auch schon auf dem Weg zum Zug.

Über die Autorin

Birgit E. Schmidt fing erst mit 69 Jahren an zu schreiben, aber mit Büchern hatte sie ihr ganzes Leben zu tun. Sie legte das Abitur in Bremerhaven ab, ging zum Studium nach Hamburg und blieb, nach einem Abstecher in Bremen, in Frankfurt und arbeitete an der Universität als Diplombibliothekarin. Später war sie bis zur Pensionierung an der Deutschen Nationalbibliothek. 2022 veröffentlichte sie ihr erstes Buch mit zehn Geschichten: „Packstation 143".